Enfrentando el Laberinto: Diario de Una Tímida Adolescente

Historias de Superación para Jóvenes y Adolescentes.

Por:

Jose Gallegos

Para mi pequeña Andrea

Capítulo 1: El Comienzo de un Viaje

Diario de Elena

Querido diario,

Hoy es el comienzo de un nuevo capítulo en mi vida y siento la necesidad de plasmar mis pensamientos y emociones en estas páginas. Me lo regalo mi abuelita, dice que seguramente me hará bien, y que no me preocupe, que soy una adolescente que enfrenta los desafíos típicos de todo adolescente en esta etapa de la vida: la búsqueda de la identidad, la presión social y la ansiedad por el futuro.

Pero yo igual me siento abrumada por las expectativas de los demás y por mi propia voz interior que me empuja a seguir mis sueños. Pero también hay momentos en los que me siento perdida, sin saber cuál es mi propósito o qué camino tomar.

Sé que no estoy sola en esta lucha. Creo que igual que muchos otros adolescentes se encuentran en situaciones similares y buscan respuestas a las mismas preguntas. A través de mi escritura, quiero compartir mis experiencias, reflexiones y aprendizajes para ayudarme y ayudar a otros a encontrar su propio camino hacia la superación personal.

Siento una pasión ardiente dentro de mí, una voz que me impulsa a expresarme y a buscar mi autenticidad. Quiero descubrir mis talentos y fortalezas, pero también quiero enfrentar mis miedos y superar mis limitaciones.

No sé qué depara el futuro, pero estoy lista para embarcarme en este viaje de autodescubrimiento y crecimiento. Aunque pueda haber obstáculos en el camino, sé que cada paso que dé me acercará un poco más a convertirme en la persona que deseo ser.

Espero que, a través de estas páginas, pueda encontrar la claridad que busco y conectarme con otros que están en la misma travesía. Quiero inspirar y ser inspirada, compartir risas y lágrimas, y recordar que no estamos solos en este camino.

Estoy emocionada y un poco asustada por lo que está por venir, pero tengo la certeza de que cada experiencia, tanto los momentos de triunfo como los de fracaso, me ayudarán a crecer y a convertirme en una versión más fuerte y auténtica de mí misma.

Diario, serás mi confidente y mi refugio en este viaje. Prometo escribir con sinceridad y vulnerabilidad, dejando que mis pensamientos y sentimientos fluyan libremente en estas páginas. Juntos, exploraremos los altibajos de la adolescencia y buscaremos respuestas a las preguntas que arden en mi interior.

Hoy marco el comienzo de esta historia, la historia de una adolescente en busca de su voz, de su propósito y de su lugar en el mundo. Estoy lista para enfrentar los desafíos y abrazar las oportunidades que se presenten en mi camino.

Hasta pronto, querido diario. Juntos, daremos vida a esta historia de crecimiento, superación y autenticidad.

Con esperanza y determinación,

Elena.

Capítulo 2: El Encuentro Inesperado

Elena caminaba por las concurridas calles de la ciudad, sus ojos fijos en el suelo mientras sus pensamientos la consumían. Era una adolescente extremadamente tímida y reservada, siempre perdida en su mundo interior. La soledad parecía envolverla en cada paso que daba.

Decidió buscar refugio en una pequeña cafetería que solía visitar. Al entrar, el aroma a café y pasteles recién horneados llenó sus sentidos, ofreciéndole un poco de consuelo. Buscó un rincón tranquilo en el que poder sentarse y sumergirse en su diario, su fiel compañero en los momentos de reflexión.

Sin embargo, justo cuando abrió su diario y comenzó a garabatear sus pensamientos, una voz animada y llena de energía interrumpió su concentración. "¿Hay alguien ahí? ¿Puedo sentarme contigo?", preguntó una chica con una sonrisa radiante.

Elena miró hacia arriba, encontrándose con unos ojos chispeantes y un cabello alborotado lleno de color. La chica llevaba una mochila llena de parches y un estilo único que irradiaba confianza. Aunque su aspecto era completamente diferente al suyo, algo en ella captó la atención de Elena.

"Claro, si quieres", respondió tímidamente Elena, apartando su diario para darle espacio.

La chica se sentó con entusiasmo, colocando su taza de chocolate humeante frente a ella. "Soy Sofía, por cierto. ¿Y tú?"

"Elena", respondió con una pequeña sonrisa, sintiéndose intrigada por la presencia vibrante de Sofía.

"¿Estás escribiendo un diario? Eso es genial. A veces, las palabras tienen el poder de liberar lo que llevamos dentro, ¿no crees?", dijo Sofía mientras señalaba el diario de Elena.

Elena asintió, sorprendida de encontrar a alguien que -lejos de burlarse- entendiera su necesidad de expresarse a través de las palabras. "Sí, definitivamente. Es una forma de escapar y procesar mis pensamientos".

Ambas comenzaron a conversar, compartiendo sus historias y experiencias. Sofía reveló su pasión por la música y el arte, mientras que Elena habló de su amor por la lectura y la escritura. A medida que la conversación fluía, Elena comenzó a sentirse más cómoda y abierta con Sofía, algo que rara vez le ocurría con extraños.

El tiempo voló mientras reían y compartían anécdotas. Sofía contaba historias que parecían sacadas de un libro de aventuras, mientras Elena escuchaba fascinada. Era como si Sofía hubiera llegado para sacarla de su caparazón y mostrarle un mundo lleno de posibilidades.

Cuando se dieron cuenta, la cafetería estaba a punto de cerrar. "Ha sido genial conocerte, Elena. Creo que tenemos mucho en común", dijo Sofía con una sonrisa sincera.

Elena asintió, sintiéndose agradecida por haber conocido a alguien tan especial en ese día solitario. "Sí, definitivamente. Gracias por hacerme sentir parte de algo".

Sofía se despidió con un cálido abrazo y un intercambio de números de teléfono. "Nos vemos pronto, Elena. No olvides que siempre hay un lugar para ti en mi mundo lleno de aventuras".

Mientras Elena caminaba hacia casa esa noche, una chispa de emoción y esperanza se encendió en su corazón. Había encontrado en Sofía a una amiga verdadera, alguien que parecía entenderla y aceptarla tal como era. Este encuentro insospechado le recordó que el mundo estaba lleno de posibilidades y que, a veces, la amistad podía encontrarse en los lugares más inesperados.

Capítulo 3: La Tormenta Interior

Elena se encontraba parada frente a la imponente puerta del nuevo instituto. El sol del amanecer ya iluminaba el lugar, pero su corazón estaba lleno de incertidumbre. Era su primer día en un entorno completamente desconocido, rodeada de caras extrañas y grupos de estudiantes que parecían haberse formado años antes de su llegada.

Con el paso tembloroso, entró al edificio, sintiendo cómo las miradas de sus compañeros la seguían por los pasillos. Se aferró a su mochila con fuerza, tratando de ocultar su inseguridad detrás de sus libros y cuadernos. Las voces murmurantes y risas apagadas parecían envolverla en una tormenta silenciosa.

Durante las primeras clases, Elena se encontró sola en un mar de rostros desconocidos. Susurros y risas burlonas flotaban a su alrededor, pero ella se mantenía en silencio, evitando cualquier confrontación. La sensación de aislamiento comenzó a pesarle, y sus pensamientos oscuros amenazaban con nublar su confianza recién descubierta. Sentía su corazón llenarse de ansiedad.

En el receso, Elena se escondió en un rincón tranquilo del patio, deseando que el tiempo pasara lo más rápido posible para poder refugiarse en la comodidad de su hogar. Pero justo cuando su confianza y su esperanza se desvanecían, una voz familiar resonó detrás de ella.

"Elena, ¿qué haces aquí sola? ¡Ven, te presentaré a algunas personas!", exclamó Sofía, acercándose con una sonrisa cálida.

Elena miró a Sofía con gratitud, sintiendo cómo la tormenta que se agitaba en su interior comenzaba a disiparse. Juntas, caminaron hacia un grupo animado de adolescentes simpáticos que compartían risas y conversaciones enérgicas.

"¡Chicos, esta es Elena! Es una amiga mía, y es increíble", anunció Sofía con entusiasmo.

Los ojos de Elena se encontraron con sonrisas amigables y miradas curiosas. Poco a poco, las conversaciones se abrieron camino hacia ella, y pronto se vio inmersa en un torbellino de presentaciones y preguntas sobre su vida y sus intereses.

A medida que los días pasaban, Elena descubrió como las amistades se estaban forjando en el fragor de las aulas y los pasillos del instituto. Sofía se convirtió en su conexión con un mundo que parecía inalcanzable, presentándola a otros jóvenes con quienes compartía afinidades y pasiones.

Las tardes después de clase se convirtieron en momentos de risas y complicidad. Elena y Sofía exploraban el vecindario juntas, descubriendo tiendas de discos antiguas y cafeterías acogedoras. Se sumergían en la música y el arte, compartiendo sus canciones y pinturas favoritas. En esos momentos, las preocupaciones y los miedos se desvanecían, reemplazados por una sensación de pertenencia y camaradería.

En medio de esas vivencias, Elena comenzó a comprender la verdadera importancia de la amistad en su vida. A través de Sofía y los nuevos amigos que había encontrado, aprendió que no estaba sola en sus batallas internas. Juntos, se animaban mutuamente a enfrentar los desafíos diarios y a abrazar su autenticidad, sin importar las opiniones ajenas.

Elena todavía enfrentaría momentos de inseguridad, pero ahora tenía un círculo de amigos que la rodeaba, dispuestos a levantarla cuando fuera necesario. La tormenta interior que alguna vez la había consumido comenzaba a disiparse, dejando paso a un nuevo amanecer de confianza y crecimiento emocional.

Capítulo 4: El Lazo de la Empatía

Elena y Sofía caminaban juntas hacia el instituto, compartiendo secretos al oído y riendo a carcajadas. Era una mañana soleada y llena de promesas. Sin embargo, Elena notó que Sofía parecía preocupada, sus ojos cargados de una tristeza que no había visto antes.

En un momento de silencio, Elena decidió preguntar: "Sofía, ¿estás bien? Pareces distante hoy".

Sofía suspiró y miró a Elena con sinceridad. "Mi familia está pasando por un momento difícil. Mi abuela está muy enferma, mis padres dicen que me prepare por lo que pueda pasar y yo no sé qué hacer para ayudarla".

Elena sintió un nudo en el estómago al escuchar las palabras de Sofía. Sabía que, en momentos como esos, las palabras podían ser insuficientes, pero deseaba desesperadamente encontrar una manera de apoyar a su amiga en su momento de necesidad.

"Estoy aquí para ti, Sofía", dijo Elena, poniendo su mano sobre la de su amiga. "No sé exactamente cómo ayudar, pero si necesitas hablar o simplemente estar acompañada, estoy aquí. La amistad es para los buenos y malos momentos".

Sofía le sonrió, agradecida por el gesto de Elena. "Gracias, Elena. Tu apoyo significa mucho para mí".

En los días siguientes, Elena se esforzó por estar presente para Sofía. La escuchó con atención mientras compartía historias de su abuela y las preocupaciones que la atormentaban. En cada conversación, Elena ofrecía su empatía y comprensión, recordándole a Sofía que no estaba sola en su carga emocional.

Una tarde, Elena sorprendió a Sofía con una visita a su casa. Llevaba consigo una caja llena de dulces y una playlist llena de canciones que sabía que alegrarían el corazón de su amiga. Juntas, se sentaron en el porche trasero, compartiendo risas y lágrimas mientras recordaban historias de su amistad.

"Sabes, Elena, realmente aprecio todo lo que has hecho por mí", dijo Sofía, limpiándose las lágrimas de los ojos. "Tu apoyo me ha dado la fuerza para enfrentar esta situación con esperanza y amor".

Elena sonrió, sintiéndose abrumada por la gratitud y la conexión que compartían. "Sofía, nuestra amistad es un regalo mutuo. Estamos aquí para apoyarnos en los momentos difíciles y celebrar juntas en los momentos felices".

A medida que los días se convirtieron en semanas y las semanas en meses, la abuela de Sofía comenzó a recuperarse lentamente. La carga emocional que había pesado sobre Sofía parecía aligerarse, y Elena se alegraba de ver a su amiga recuperando su brillo característico.

Con el tiempo, las experiencias compartidas durante esos momentos difíciles fortalecieron aún más el vínculo entre Elena y Sofía. Su amistad se convirtió en un faro de esperanza y apoyo mutuo en un mundo adolescente lleno de desafíos y cambios constantes.

A través de la empatía y el amor incondicional, Elena y Sofía aprendieron el valor de la amistad verdadera. Comprendieron que la amistad va más allá de las risas y los momentos felices, y que también es un apoyo mutuo en los momentos de dificultad. Juntas, se dieron cuenta de que podían enfrentar cualquier adversidad mientras caminaban lado a lado.

Capítulo 5: El Valor de la Autenticidad

El instituto bullía con la energía de adolescentes ansiosos por encajar en los moldes preestablecidos. Elena observaba a su alrededor, consciente de las miradas curiosas y los juicios sutiles que se tejían en cada pasillo. Aunque había encontrado un refugio en su amistad con Sofía, todavía sentía la presión de encajar en un mundo que parecía valorar la conformidad.

Un día, mientras Elena y Sofía almorzaban juntas en el patio del instituto, un grupo de chicos populares se acercó, mirándolas con burla. "¿Qué hacen ustedes dos aquí? No encajan en nuestro grupo", dijo uno de ellos con desdén.

Elena sintió un nudo en la garganta y sus manos temblaron de ansiedad. Pero antes de que pudiera responder, Sofía se puso de pie con una expresión determinada en su rostro.

"¿Quién te crees? Nosotras no necesitamos encajar en ningún grupo para ser felices. Valoramos mucho nuestra autenticidad y nuestra amistad. Eso es lo que importa", dijo Sofía, con mucha firmeza, desafiante y sin titubear.

El grupo de chicos se quedó momentáneamente sin palabras, y luego se alejaron, murmurando entre ellos. Elena miró a Sofía con admiración, sintiendo cómo la valentía y el amor propio de su amiga se contagiaban en su interior.

"Sofía, no sé cómo lo haces. Siempre eres tan valiente y segura de ti misma", expresó Elena, admirando la fuerza que emanaba de su amiga.

Sofía sonrió, pero esta vez con una expresión más suave. "No siempre me siento así, Elena. A veces tengo miedo y me preocupo por lo que los demás piensan de mí. Pero he aprendido que lo más importante es ser fiel a uno mismo y valorar lo que realmente importa".

Elena reflexionó sobre las palabras de Sofía y decidió que también quería abrazar su autenticidad. No quería perderse en el afán de encajar en un molde que no le correspondía. Quería ser ella misma, sin importar lo que los demás pudieran pensar.

Los días siguientes, Elena comenzó a mostrar su verdadero yo. Abandonó la necesidad de complacer a los demás y se centró en descubrir sus propias pasiones y expresar sus opiniones de manera honesta. A medida que lo hacía, descubrió que atraía a personas que valoraban su autenticidad y que apreciaban su compañía tal como era.

Junto a Sofía, Elena exploró nuevas facetas de sí misma. Experimentaron con la moda, la música y el arte, encontrando una libertad creativa que les permitía expresar su individualidad. Compartieron su amor por la literatura y se embarcaron en aventuras literarias conjuntas, debatiendo sobre los personajes y las historias que los emocionaban.

La amistad entre Elena y Sofía se fortaleció aún más cuando ambas se dieron cuenta de que podían ser ellas mismas sin temor al rechazo. Juntas, celebraron su autenticidad y alentaron a otros a hacer lo mismo. Su influencia positiva se extendió a su entorno, inspirando a otros adolescentes a abrazar su singularidad y a valorar las diferencias.

En este camino hacia la autenticidad, Elena aprendió que no importaba cuánto se esforzara por encajar en un molde preestablecido. Lo que realmente importaba era ser fiel a sí misma y encontrar la felicidad en su propia autenticidad.

.

Capítulo 6: Concurso de Arte

Diario de Elena

Querido diario,

Hoy siento una mezcla de emoción y ansiedad. Mañana es el día en que presentaré mi proyecto en el concurso de arte del instituto. Además de presentar la obra debemos dar un discurso que se relacione con la obra. Durante semanas, he trabajado en mi pintura, buscando plasmar mis emociones y pensamientos en cada trazo de pincel. Pero ahora que se acerca el momento de mostrar mi creación, siento un nudo enorme en el estómago.

Me pregunto si mi obra será suficiente. ¿Será lo bastante buena para competir con los talentosos artistas de mi clase? Las dudas me asaltan y el miedo a la crítica amenaza con paralizarme. Pero entonces recuerdo las palabras de Sofía, quien siempre ha creído en mí y me ha recordado que la verdadera competencia es conmigo misma.

La amistad que hemos construido es un apoyo constante en mi vida. Juntas hemos enfrentado obstáculos, superado momentos difíciles y celebrado nuestras victorias. Sofía me ha enseñado a valorar mi propia autenticidad y a abrazar los desafíos como oportunidades de crecimiento personal.

En medio de esta montaña rusa de emociones, me encuentro recordando una frase que leí en un libro: "El miedo no te define, es cómo lo enfrentas lo que realmente importa". Hoy, me comprometo a enfrentar este desafío con valentía y determinación. Después de todo mi proyecto artístico es una parte de mí, una expresión de mis pensamientos y sentimientos más profundos. No importa el resultado, lo importante es que me atreví a crear y compartir una parte de mi ser con el mundo.

Mañana, cuando me pare frente al jurado, respiraré hondo y recordaré todas las horas que invertí en esta pintura. Cada trazo representa mi pasión y mi deseo de superarme a mí misma. No importa si gano o pierdo, lo que importa es que me he dado la oportunidad de crecer y aprender.

Querido diario, te prometo que independientemente de lo que suceda, seguiré luchando por mis sueños y aceptando los desafíos que la vida me presente. Porque a través de cada obstáculo superado, cada experiencia vivida, siento cómo crezco emocionalmente y me acerco un poco más a convertirme en la persona que deseo ser.

Mañana es un nuevo capítulo en mi camino. Estoy lista para enfrentar el desafío y mostrar al mundo lo que soy capaz de lograr. Confío en mí misma y en el apoyo incondicional de Sofía. Juntas, hemos demostrado que no hay límites para nuestros sueños cuando creemos en nosotros mismos.

Hasta mañana, querido diario.

Con amor,

Elena

Capítulo 7: Enfrentando el Desafío

Elena caminó hacia el escenario con el corazón latiendo rápidamente. Mientras se acercaba al micrófono, su mente se llenó de pensamientos y emociones contradictorias. ¿Estaría preparada para enfrentar a toda la audiencia? ¿Podría hacer justicia a la obra y a las palabras que había escrito con tanto esfuerzo?

Respiró hondo y comenzó su discurso. "Hola a todos. Hoy quiero hablarles sobre un tema que considero de vital importancia en nuestra vida como adolescentes: la presión social y la importancia de mantenernos fieles a nosotros mismos". Mi obra se titula "Encajar".

En ese momento se debelo su obra. El auditorio estaba en silencio, escuchando atentamente cada palabra que salía de los labios de Elena. Se sentía vulnerable, pero también sabía que su historia resonaba con muchas personas en la sala.

"Todos hemos experimentado la sensación de querer encajar, de querer ser aceptados por los demás. Pero a veces, esa necesidad de encajar puede llevarnos a perder nuestra propia identidad", continuó Elena. "He aprendido que la verdadera fuerza radica en abrazar nuestra singularidad y en amarnos a nosotros mismos tal como somos".

Mientras hablaba, Elena notó las miradas de muchos rostros jóvenes asintiendo en acuerdo. Sabía que estaba tocando una fibra sensible en sus corazones, porque ellos también habían experimentado los desafíos de la adolescencia.

"Recuerden que ustedes son únicos y valiosos, con dones y talentos que merecen ser celebrados", instó Elena. "No dejen que las opiniones de los demás dicten su felicidad o su sentido de autoestima. Confíen en sí mismos y sigan sus pasiones sin miedo".

Las palabras de Elena resonaron en el auditorio, generando un aire de inspiración y esperanza. Había encontrado su voz, y a través de ella, estaba transmitiendo un mensaje de empoderamiento y superación personal.

Cuando terminó su discurso, la sala estalló en aplausos. Elena se sintió abrumada por la respuesta del público. Se dio cuenta de que no solo había hablado por sí misma, sino también en nombre de todos aquellos que habían experimentado la presión social y el deseo de encajar.

Después de su presentación, muchas personas se le acercaron para expresar su gratitud y compartir sus propias historias. Elena se sentía honrada y humilde al saber que había dejado una huella positiva en las vidas de otros adolescentes.

Ese día, Elena comprendió que su voz tenía poder y que su historia podía hacer una diferencia en el mundo. Decidió que seguiría hablando sobre temas importantes para los jóvenes y continuaría inspirando a otros a través de su escritura y sus discursos.

A medida que el tiempo pasaba, Elena se dio cuenta de que no estaba sola en su lucha. Había una comunidad de adolescentes que también buscaban su autenticidad y anhelaban encontrar su lugar en el mundo. Juntos, podían apoyarse mutuamente y construir un futuro donde todos fueran libres de ser ellos mismos.

Elena dejó el escenario con una sensación de realización y esperanza. Sabía que su viaje hacia la superación personal no había terminado, pero ahora se sentía más fuerte y lista para enfrentar los desafíos que la vida le presentara.

El aplauso y el reconocimiento eran gratificantes, pero lo más importante era que Elena se había encontrado a sí misma en el proceso. Había descubierto su voz y su propósito, y eso le daría la fuerza para seguir adelante, compartiendo su mensaje con el mundo.

Capítulo 8: La Victoria Interior

Querido diario,

¡Lo logré! Hoy fue el día del concurso de arte y me siento llena de gratitud y alegría al contarles que mi pintura fue reconocida con el primer lugar. Aún no puedo creerlo. Cuando escuché mi nombre, sentí una mezcla de euforia y emoción que nunca había experimentado antes. Pero más allá del premio, lo que realmente valoro es el crecimiento personal que esta experiencia me ha brindado.

Durante semanas, trabajé arduamente en cada detalle de mi pintura, dedicando horas de esfuerzo y pasión. En medio de la duda y el miedo, recordé las palabras de Sofía y me mantuve enfocada en el proceso creativo y en mi propio desarrollo artístico. No importaba si ganaba o no, porque en realidad, mi verdadera victoria radica en el coraje que encontré dentro de mí para enfrentar este desafío.

Pero también quiero compartir contigo, querido diario, que, en mi camino hacia la victoria interior, enfrenté momentos de inseguridad y autorreflexión. Hubo momentos en los que me comparé con los demás y me pregunté si era lo suficientemente talentosa. Sin embargo, Sofía estuvo allí para recordarme que mi arte es único y que la verdadera competencia es conmigo misma.

Fue a través de esta experiencia que aprendí que la superación personal no se trata solo de ganar premios o recibir reconocimiento externo, sino de la satisfacción y el orgullo que siento al ver mi crecimiento personal. Mi pintura es una expresión auténtica de quién soy y de mi viaje emocional. Al compartirla con los demás, también he compartido un pedazo de mi ser.

El apoyo incondicional de Sofía y de aquellos que creyeron en mí me ha dado fuerzas para enfrentar mis miedos y luchar por mis sueños. Me di cuenta de que el verdadero valor de este logro no radica solo en el reconocimiento externo, sino en la confianza que he construido en mí misma y en la capacidad de superar mis propias limitaciones.

Esta experiencia me ha enseñado que la superación personal se basa en el coraje de tomar riesgos, en la perseverancia en momentos de adversidad y en la fe en nuestras propias habilidades. Cada paso dado en busca de nuestros sueños, sin importar el resultado final, es un paso hacia la realización personal y la creación de un futuro lleno de posibilidades.

Estoy emocionada por lo que el futuro me depara. Siento una confianza renovada y una sed de seguir explorando mi creatividad. No importa cuáles sean los obstáculos que se interpongan en mi camino, sé que puedo superarlos y seguir creciendo emocionalmente.

Gracias, querido diario, por ser testigo de este capítulo de mi vida. Seguiré escribiendo mi historia con valentía y determinación, aprovechando cada desafío como una oportunidad para aprender, crecer y ser la mejor versión de mí misma.

Con gratitud y esperanza,

Elena

Capítulo 9: El Poder de las Redes Sociales

El sol brillaba sobre el campus escolar mientras Elena y Sofía se dirigían a su próxima clase. Los murmullos y risas llenaban el aire, pero algo pesaba en el corazón de Sofía. Había descubierto algo preocupante en las redes sociales y estaba decidida a abordarlo.

Cuando llegaron al aula, Sofía tomó a Elena aparte y la miró seriamente. " Elena, necesitamos hablar. He visto algo en las redes sociales que me ha dejado muy preocupada".

Elena parecía confundida, pero asintió y se acercó más a Sofía. "¿De qué se trata? ¿Qué has visto?"

Sofía inhaló profundamente antes de responder: "He encontrado un perfil falso que está acechándote en las redes sociales. La persona detrás de este perfil ha robado tu identidad y ha compartido información personal tuya sin tu consentimiento".

Elena se puso pálida y sus ojos se abrieron de par en par. "¿Qué? ¿Cómo es posible? No tengo idea de quién podría estar haciendo esto".

Sofía se sentía frustrada y molesta. "Elena, he investigado más y descubrí que tú misma compartiste inadvertidamente información personal en línea. Subiste contenido que no debería estar en el ojo público. Esto te ha expuesto a ataques y acecho en las redes sociales". Al tiempo que le mostraba imágenes que estaban circulando.

Elena bajó la mirada, sintiéndose culpable. "No me di cuenta de que estaba compartiendo algo tan privado. Fue un error, lo lamento tanto".

Sofía suspiró, tratando de controlar su enojo. " Elena, entiendo que fue un error, pero no puedes ser descuidada con tu seguridad en línea. Las redes sociales son poderosas, pero también pueden ser peligrosas. Necesitamos ser más conscientes de cómo utilizamos estas plataformas".

Elena asintió, con lágrimas en sus ojos. "Lo entiendo, Sofía, y lamento haberte decepcionado. No debería haber sido tan descuidada".

A pesar de su enojo, Sofía sabía que su amistad con Elena era más importante que cualquier error. Se acercó y la abrazó, diciendo con voz suave: " Elena, cometemos errores, todos lo hacemos. Pero lo importante es aprender de ellos y hacer todo lo posible para enmendarlos". Al menos no es algo tan grave y es posible detenerlo todavía.

Ambas chicas pasaron el resto del día trabajando juntas para solucionar el problema. Denunciaron el perfil falso y tomaron medidas para proteger la información personal de Elena en línea.

Ambas trataron de reflexionar sobre el tema, pero en un punto su conversación se turnó en una amarga discusión que ocasiono que Sofia se marchara molesta y alterada.

Capítulo 10: El Poder del Perdón

El salón de clases estaba lleno de risas y charlas animadas mientras los estudiantes se preparaban para el receso. Elena se sentaba en su pupitre, mirando por la ventana con una expresión sombría. Había pasado una semana desde la pelea intensa que había tenido con su mejor amiga, Sofía, y el peso del conflicto seguía presente en su corazón.

A medida que los minutos pasaban, Elena no podía evitar recordar la amistad que habían compartido durante años. Recordaba los momentos de risas, los secretos compartidos y el apoyo mutuo en los buenos y malos tiempos. Pero ahora, todo parecía perdido, y la distancia entre ellas se había vuelto inevitable.

Justo cuando Elena estaba sumergida en sus pensamientos, la puerta del salón de clases se abrió, y Sofía entró con una expresión seria en su rostro. Sus miradas se encontraron y Elena pudo ver el dolor en los ojos de su amiga. Se dieron cuenta de que algo tenía que cambiar.

Sin decir una palabra, Elena se levantó de su asiento y caminó hacia Sofía. Las miradas de curiosidad y expectación los rodeaban mientras se paraban frente a frente. Suspirando, Elena comenzó a hablar, su voz llena de emoción contenida.

"Sofía, sé que las cosas se han puesto difíciles entre nosotras, pero nuestra amistad significa mucho para mí. No quiero perder la conexión especial que hemos tenido todos estos años", dijo Elena, luchando contra las lágrimas.

Sofía la miró por un momento, antes de responder con voz entrecortada: "Elena, también valoro nuestra amistad. Me duele mucho lo que ha sucedido, pero no quiero perderte como amiga. Me siento perdida sin ti".

Las palabras de Sofía resonaron en el corazón de Elena, y se dieron cuenta de que ambas habían sido heridas profundamente durante su pelea. Era hora de sanar esas heridas y encontrar una forma de seguir adelante juntas.

Decidieron reunirse después de clases en el lugar especial donde solían compartir confidencias: el banco del parque cercano a la escuela. Se sentaron uno al lado del otro, mirando hacia el horizonte mientras el sol comenzaba a ponerse.

Elena rompió el silencio, su voz temblorosa de emoción: "Sofía, quiero pedirte disculpas por las cosas hirientes que dije durante nuestra pelea. Fue un error y lamento profundamente haberte lastimado".

Sofía la miró con ojos comprensivos y asintió. "Yo también debo disculparme, Elena. No debería haber dicho esas palabras hirientes. Te lastimé y lamento profundamente haberlo hecho. Nuestra amistad significa mucho para mí".

Ambas se abrazaron, permitiendo que las lágrimas fluyeran, liberando la carga emocional que habían llevado durante tanto tiempo. Se dieron cuenta de que el perdón y la comprensión mutua eran fundamentales para reconstruir su amistad.

A lo largo de la tarde, Elena y Sofía conversaron sinceramente, compartiendo sus pensamientos, sus miedos y sus sueños. Hablaron sobre cómo habían dejado que las emociones se interpusieran en su relación, y cómo podían aprender de sus errores y crecer juntas.

Reconocieron que la amistad no era perfecta y que tendrían altibajos, pero se comprometieron a trabajar en su comunicación y a ser más comprensivas la una con la otra. Aprendieron a valorar y respetar las diferencias, entendiendo que eso era lo que hacía su amistad única y especial.

A medida que el sol se ponía en el horizonte, Elena y Sofía se levantaron del banco del parque, sintiéndose más livianas y llenas de esperanza. Se dieron cuenta de que el poder del perdón podía sanar las heridas y fortalecer los lazos de amistad.

Camino a casa, Elena y Sofía se tomaron de la mano, sabiendo que su amistad había sido puesta a prueba, pero que habían encontrado el camino para superar el conflicto. Juntas, decidieron construir un nuevo capítulo en su historia de amistad, basado en la comprensión, el respeto y el perdón.

Capítulo 11: Lidiando con la pérdida

El cielo estaba gris y cargado de tristeza cuando Elena se encontró parada frente a la puerta de la casa de Sofía. Habían pasado apenas unos días desde que la abuelita de Sofía había fallecido, y el dolor de la pérdida aún pesaba en el corazón de su amiga.

Al tocar el timbre, Elena sintió un nudo en la garganta. No sabía qué decir o cómo consolar a Sofía, pero sabía que tenía que estar ahí para ella en ese momento tan difícil.

Sofía abrió la puerta y sus ojos estaban enrojecidos de llorar. Su rostro mostraba el agotamiento emocional que había experimentado en los últimos días. Sin decir una palabra, Elena la abrazó con fuerza, dejando que las lágrimas fluyeran libremente.

Después de un rato, Elena se separó y miró a Sofía con ternura. "Sé que esto es difícil, Sofía, y no puedo imaginar el dolor que estás sintiendo. Pero estoy aquí para ti. Puedes contar conmigo para lo que necesites".

Sofía asintió con gratitud, pero su voz estaba llena de tristeza cuando habló. "Elena, siento como si una parte de mí se hubiera ido para siempre. Mi abuelita era mi roca, mi confidente. No sé cómo seguir adelante sin ella".

Elena apretó la mano de Sofía y habló con voz suave. "No puedo ni imaginar lo que sientes, pero si sé que tu abuelita siempre vivirá en tu corazón y en tus recuerdos".

Sofía suspiró, las lágrimas volvieron a caer por sus mejillas. "No quiero ir a la escuela, Elena. Me parece tan sin sentido".

Elena entendía el sentimiento de Sofía, pero también sabía que el apoyo de sus amigos y la rutina diaria podrían ayudar en el proceso de duelo. "Sofía, la escuela puede ser un lugar donde encuentres consuelo y apoyo. Tus amigos y profesores estamos aquí para ti".

Sofía asintió lentamente, tomando las palabras de Elena en consideración. "Tienes razón, Elena. Sé que mi abuelita querría que siga adelante y me enfoque en mi educación".

En los días siguientes, Elena y Sofía caminaron juntas por el difícil camino del duelo. Elena fue un hombro en el que Sofía podía apoyarse, escuchando sus lágrimas, sus pensamientos y sus historias compartidas sobre su abuelita. Juntas, encontraron momentos de risa y alegría, recordando los momentos preciosos que habían vivido con ella.

A medida que el tiempo pasaba, Sofía comenzó a sanar lentamente. Su sonrisa volvió poco a poco, y aunque el dolor de la pérdida aún estaba presente, aprendió a llevarlo con ella de una manera que honraba la memoria de su abuelita.

Elena y Sofía se apoyaron mutuamente durante todo el proceso de duelo, fortaleciendo aún más su amistad. Aprendieron que el dolor compartido puede unir a las personas de una manera profunda y significativa.

A medida que el sol comenzaba a brillar nuevamente y la vida continuaba su curso, Elena y Sofía encontraron consuelo en saber que siempre tendrían el amor y el apoyo del otro. Juntas, habían aprendido a lidiar con la pérdida y a encontrar la fuerza para seguir adelante, manteniendo siempre en su corazón el amor y los recuerdos de aquellos que ya no estaban físicamente presentes.

Capítulo 12: El Desafío de los Exámenes

El aula estaba llena de tensión y nerviosismo a medida que se acercaba el período de exámenes finales. Elena se sentía abrumada por la cantidad de material que tenía que estudiar y la presión de obtener buenas calificaciones. Los latidos de su corazón se aceleraban cada vez que pensaba en los exámenes, y comenzó a dudar de sus habilidades académicas.

En el almuerzo, Elena se sentó con sus amigos en la cafetería, su rostro reflejando su preocupación. Sofía la miró con curiosidad y preguntó: "Elena, ¿qué te pasa? Te veo un poco preocupada últimamente".

Elena suspiró y bajó la mirada. "Es solo que los exámenes finales se acercan y me siento abrumada. Tengo miedo de no estar a la altura y de decepcionar a mis padres y a mí misma". Sus amigos intercambiaron miradas de comprensión y apoyo. Juan, otro amigo cercano, habló: "Elena, todos nos sentimos así en algún momento. Los exámenes pueden ser estresantes, pero no debes dejar que te consuman. Eres inteligente y capaz".

Elena asintió, pero aún sentía la duda en su interior. "Sé que debería confiar en mis habilidades, pero hay tanto en juego. No quiero fallar".

Sofía puso una mano reconfortante en el brazo de Elena. "Elena, eres mucho más que tus calificaciones. Recuerda que eres una persona increíble, con talentos y habilidades únicas. Un examen no define quién eres".

Los días pasaron y los exámenes finales se acercaban cada vez más. Elena intentaba estudiar arduamente, pero la ansiedad seguía acechándola. La noche antes de uno de los exámenes más importantes, se encontraba sentada en su escritorio, rodeada de libros y apuntes. Su mente estaba llena de dudas y temores.

En ese momento, su teléfono sonó, y era un mensaje de Sofía. Decía: "Elena, sé que estás preocupada, pero quiero que sepas que confío en ti. Eres más fuerte y capaz de lo que crees. Estoy aquí para apoyarte, pase lo que pase".

Las palabras de Sofía resonaron en el corazón de Elena. Sabía que tenía amigos que creían en ella, y eso le dio un impulso de confianza. Se recordó a sí misma que había trabajado duro y se había preparado lo mejor que pudo para los exámenes.

Al día siguiente, mientras Elena se sentaba en su pupitre, esperando que comenzara el examen, respiró profundamente y se repitió a sí misma: "Soy capaz. He estudiado y estoy lista para enfrentar este desafío".

A medida que el examen avanzaba, Elena se sorprendió al descubrir que sus conocimientos estaban ahí, listos para ser utilizados. La confianza que había perdido comenzó a regresar lentamente. Aunque los nervios todavía estaban presentes, se dio cuenta de que podía controlarlos y no dejar que la paralizaran.

Cuando terminó el examen, Elena se sintió aliviada y satisfecha. Sabía que había dado lo mejor de sí misma y que no podía hacer más que eso. Se reunió con Sofía y sus amigos en el patio de la escuela, y todos compartieron una mirada de complicidad. Habían enfrentado juntos el desafío de los exámenes y habían superado sus propios miedos y dudas.

A lo largo de los días siguientes, Elena recibió sus calificaciones y se dio cuenta de que había obtenido buenos resultados. Pero más importante aún, se dio cuenta de que había ganado confianza en sí misma y en sus habilidades. Aprendió que los exámenes eran solo una parte de su vida académica y que su valía no se medía solo por sus calificaciones.

Elena y sus amigos celebraron el final de los exámenes con risas y abrazos. Habían enfrentado los desafíos juntos, apoyándose mutuamente en momentos de duda y ansiedad. Aprendieron que la verdadera fortaleza radicaba en su amistad y en la confianza que se tenían el uno al otro.

Capítulo 13: El Valor de la Familia

El sol brillaba en el cielo mientras Elena caminaba hacia su casa después de un largo día de clases. Sentía una sensación de tensión en el aire, sabiendo que tenía que enfrentar a su hermano mayor, Carlos, con quien había tenido una pelea esa mañana. El enfado y las palabras hirientes aún resonaban en su mente.

Al llegar a casa, Elena encontró a su padre en la sala, leyendo un libro. Se acercó con cautela, sintiendo una mezcla de arrepentimiento y enojo. Su padre levantó la vista y, al ver el rostro preocupado de Elena, supo que algo estaba mal.

"Elena, ¿qué sucede? Pareces perturbada", preguntó su padre, preocupado.

Elena suspiró y se sentó junto a él en el sofá. "Papá, tuve una pelea con Carlos esta mañana. Nos dijimos cosas terribles y estoy llena de remordimientos".

Su padre la miró con calma y comprensión. "Las peleas entre hermanos son comunes, Elena, pero eso no significa que sean menos dolorosas. Lo importante es aprender de nuestros errores y encontrar la manera de sanar".

Elena asintió, sintiendo el peso de sus palabras. "Pero, papá, ¿cómo puedo arreglar las cosas con Carlos? Me siento tan distanciada de él en este momento".

Su padre colocó una mano reconfortante en su hombro. "La clave, Elena, es el amor y la comunicación. Habla con Carlos, expresa tus sentimientos y escucha los suyos. Permítanse tener una conversación honesta y abierta".

Elena asintió, decidida a seguir el consejo de su padre. Esa noche, después de la cena, se acercó a Carlos, que estaba en su habitación. Respiró profundamente y tocó suavemente la puerta.

"Carlos, ¿podemos hablar?", dijo Elena, su voz cargada de emociones.

Carlos la miró sorprendido, pero asintió y abrió la puerta. Se sentaron en el borde de la cama, mirándose el uno al otro. Elena comenzó a hablar, con sinceridad y vulnerabilidad.

"Carlos, lamento mucho lo que dije esta mañana. Fui injusta contigo y no quería lastimarte. A veces, las palabras salen antes de que pueda pensar. Me importas mucho, eres mi hermano y te quiero".

Carlos la miró por un momento y luego suspiró. "Elena, yo también lo lamento. Las peleas entre hermanos pueden ser difíciles, pero eso no significa que no nos amemos. Te quiero mucho y no quiero estar enemistado contigo".

Ambos hermanos se abrazaron, permitiendo que las lágrimas fluyeran. Se dieron cuenta de que el amor de la familia era más fuerte que cualquier pelea o malentendido. Aprendieron a valorar la importancia de la comunicación abierta y la comprensión mutua.

En los días siguientes, Elena y Carlos trabajaron juntos para fortalecer su relación. Compartieron momentos de risas y complicidad, recordando la importancia de apoyarse mutuamente. Aprendieron a discutir sus diferencias de manera respetuosa y a buscar soluciones juntos.

A lo largo del tiempo, Elena reflexionó sobre la plática con su padre y la reconciliación con Carlos. Comprendió que la familia era un tesoro invaluable y que, a pesar de las peleas y desacuerdos, el amor y el perdón podían unirlos y superar cualquier obstáculo.

Elena se dio cuenta de que no se trataba solo de compartir lazos de sangre, sino de crear un vínculo basado en el respeto, el apoyo y la conexión emocional. Apreciaba más que nunca a su familia y sabía que su amor y unidad eran fundamentales para su crecimiento y felicidad.

Capítulo 14: Lucas

Elena caminaba por las estantes de una pequeña librería local, buscando un refugio entre las páginas de los libros. Mientras hojeaba una novela, sus ojos se encontraron con los de un chico de cabello oscuro y mirada intensa. Ambos sintieron una conexión instantánea, como si el destino los hubiera llevado a ese lugar en ese preciso momento.

Lucas, así se llamaba el chico, se acercó con una sonrisa tímida y preguntó si Elena tenía alguna recomendación de libros. A medida que intercambiaban palabras, descubrieron una pasión compartida por la literatura y el arte. Hablaron durante horas, compartiendo sus sueños, miedos y experiencias de vida.

Elena se dio cuenta de que Lucas también era un artista talentoso, al igual que ella. Compartieron historias sobre sus obras favoritas y sus proyectos más ambiciosos. La emoción y la complicidad llenaron el aire mientras se abrían el uno al otro, revelando partes de sí mismos que no habían compartido con nadie más.

En apenas unos días, su amistad se convirtió en algo más profundo. La risa se volvió más frecuente y los momentos de silencio se volvieron cómodos. Elena sentía mariposas en el estómago cada vez que Lucas estaba cerca, y notaba la forma en que sus ojos brillaban cuando hablaban el uno con el otro.

Juntos, exploraron la ciudad en largos paseos, descubriendo nuevos rincones y sumergiéndose en la cultura local. Visitaban galerías de arte, dejando que las obras los inspiraran y alimentaran su creatividad. Cada momento juntos era como una aventura en sí misma, llena de descubrimientos y emociones.

Aunque eran conscientes de su juventud y de que la vida podía tomar caminos inciertos, no pudieron evitar enamorarse el uno del otro. Sus amigos veían la chispa que existía entre ellos y los animaban a explorar su conexión. Pero más allá de las expectativas externas, sabían que lo más importante era la conexión profunda y auténtica que habían construido.

A medida que se acercaba el momento de la partida, sus abrazos se volvieron más apretados y sus despedidas más difíciles. Elena recordaba las palabras de Lucas: "Eres mi musa y mi inspiración. Siempre estaré aquí para ti, animándote a seguir creando y persiguiendo tus sueños".

Aquellas palabras resonaron en lo más profundo de su corazón, dándole fuerza y esperanza en el futuro. Aunque no sabían qué les depararía el destino, estaban dispuestos a enfrentar cualquier desafío juntos. Elena sabía que habría más aventuras, desafíos y crecimiento en el camino. Pero estaba lista para enfrentarlos con valentía y al lado de Lucas, la persona que había llegado a su vida de manera inesperada y había dejado una huella imborrable en su corazón.

Capítulo 15: Un Nuevo Comienzo

¡Hola diario!

¡No puedo creer lo mucho que ha cambiado mi vida desde que comencé este diario! Quiero compartir contigo los emocionantes acontecimientos que han sucedido en los últimos meses. ¡Prepárate, porque ha sido una montaña rusa de emociones!

Después de ganar el concurso de arte en el instituto, me sentí más motivada que nunca para seguir explorando mi pasión. Decidí unirme a un grupo de arte local donde pude conocer a otros jóvenes artistas con los que compartía intereses y experiencias similares. Fue una gran oportunidad para aprender y crecer juntos.

En ese grupo, conocí a alguien muy especial: Lucas. Desde el primer día, conectamos de una manera increíble. Compartimos ideas, nos apoyamos mutuamente y nos retamos a sacar lo mejor de nosotros mismos. Lucas es un artista talentoso, guapo y con una gran energía, y juntos hemos creado obras increíbles.

Pero no todo ha sido fácil. Hace poco, tuve un bloqueo creativo que me hizo cuestionar mi habilidad como artista. Me sentía frustrada y sin inspiración. Sin embargo, en lugar de rendirme, decidí enfrentar el desafío. Me sumergí en la naturaleza, visité galerías de arte y me rodeé de personas creativas y muy positivas. Poco a poco, recuperé mi pasión y mi confianza.

También he aprendido mucho sobre mí misma durante este tiempo. Descubrí que puedo superar mis propios límites y que la creatividad no tiene fronteras. Cada trazo, cada color, es una expresión de mi ser y de mi voz interior. Me di cuenta de que el verdadero éxito radica en la satisfacción personal que siento cuando creo algo que me hace sentir viva.

Además, mi amistad con Sofía ha seguido fortaleciéndose. Nos hemos apoyado mutuamente en nuestros sueños y desafíos. Juntas, hemos creado un vínculo que trasciende la amistad y nos convierte en hermanas del corazón. Saber que siempre podemos contar la una con la otra es un regalo invaluable.

Y no puedo olvidar mencionar el increíble viaje que hicimos este verano. Decidimos aventurarnos en un road trip por varias ciudades, visitando museos, sumergiéndonos en la cultura y encontrando inspiración en cada rincón. Fueron días llenos de risas, aventuras y nuevos recuerdos que atesoraré para siempre.

Pero estoy emocionada por el futuro y por todas las posibilidades que se presentan. Sé que puedo enfrentar cualquier obstáculo que se interponga en mi camino, porque he aprendido que el verdadero éxito viene de adentro.

Quiero terminar agradeciendo a todos los que han estado a mi lado en este viaje: mi familia, mis amigos y todas las personas que me han apoyado y creído en mí. Su amor y apoyo incondicional me han dado la fuerza para superar mis miedos y perseguir mis sueños.

¡El viaje de la vida continúa y estoy emocionada por descubrir qué me depara el futuro! Espero poder compartir más aventuras y lecciones contigo.

Hasta pronto,

Elena

Capítulo 16: El Primer Amor de Elena

Elena caminaba por los pasillos de la escuela con el corazón latiendo rápidamente. No podía evitar sonreír cada vez que veía a Lucas, su primer amor. Desde aquel inolvidable encuentro en la librería, sus vidas habían estado entrelazadas en un hermoso lienzo de experiencias compartidas.

Elena espera el momento de pasear tomados de la mano, explorando el mundo juntos. Cada momento con Lucas es especial y lleno de emoción. Descubriendo nuevos lugares, disfrutaron de puestas de sol en el parque y se perdiéndose en conversaciones profundas durante horas.

En una tarde soleada, mientras paseaban por el campus, Elena y Lucas se detuvieron frente a un mural lleno de colores vibrantes y formas abstractas. "¿Qué ves en esta obra?", preguntó Elena, con los ojos brillantes de curiosidad.

Lucas observó detenidamente y luego respondió: "Veo una historia de crecimiento y superación. Veo la fuerza de dos almas que se han apoyado y crecido juntas". Sus palabras hicieron que el corazón de Elena se acelerara.

"Es increíble cómo el arte puede capturar nuestras En emociones más profundas", dijo Elena. "Y a través de nuestro propio arte, hemos podido transmitir nuestros sentimientos y experiencias al mundo".

Su relación floreció como una delicada flor. Experimentaron los altibajos normales del primer amor, y la incertidumbre y la emoción de descubrir el amor romántico por primera vez. Cada mirada, cada caricia, cada palabra compartida es como un rayo de luz que iluminaba sus corazones adolescentes.

Los mensajes se convirtieron en su forma de mantenerse conectados. Elena esperaba ansiosamente cada mensaje de Lucas, impregnadas de amor y palabras de aliento. Sus corazones se unían a través de los chats, y el amor que compartían se fortalecía a pesar de la distancia física.

Pero no todo era fácil. Elena también experimentó los celos y la inseguridad propios de la adolescencia. Se preguntaba si Lucas podría encontrar a alguien más interesante o si el tiempo desvanecería sus sentimientos. Sin embargo, cada vez que esas dudas surgían, Lucas estaba allí para recordarle cuánto la amaba y cuánto significaba para él.

Juntos, aprendieron a confiar el uno en el otro y a superar los obstáculos que se presentaban en su camino. A medida que sus lazos se fortalecían, también crecían como individuos. Elena descubrió nuevas facetas de sí misma, explorando su creatividad y encontrando la valentía para perseguir sus sueños artísticos.

Pero siempre se mantuvieron fieles a la promesa que hicieron en aquellos primeros días de su relación: estar ahí el uno para el otro, incluso cuando el camino se volviera difícil.

En una tarde lluviosa, mientras trabajaban juntos en el estudio, Elena miró a Lucas y dijo: "Estoy agradecida por haber encontrado no solo mi pasión en el arte, sino también a alguien como tú, que me inspira y me anima a crecer cada día".

Lucas la miró con ternura. "Elena, eres mi musa y mi mayor apoyo. Estoy emocionado y agradecido de haberte encontrado".

Sus manos se unieron en un cálido abrazo, sellando su compromiso mutuo de seguir creciendo y explorando juntos. Sabían que el camino no siempre sería fácil, pero estaban dispuestos a enfrentar los desafíos con valentía y amor.

En ese momento, Elena supo que había encontrado algo especial en Lucas, algo que iba más allá del primer amor. Había encontrado un compañero de vida y un confidente, alguien con quien compartir sus sueños y construir un futuro lleno de arte, amor y crecimiento.

Capítulo 17: La Prueba de la Distancia

Elena se encontraba en su habitación, rodeada de lienzos y pinceles. Había estado trabajando en una nueva serie de pinturas que reflejaban su viaje emocional y su crecimiento como artista. Estaba emocionada por compartir su trabajo con Lucas y ver su reacción.

Lucas llegó a su casa con una sonrisa radiante. Era evidente que había algo especial en su mirada. "¡Elena! Tengo algo emocionante para mostrarte", exclamó mientras sacaba un sobre de su mochila.

Intrigada, Elena abrió el sobre y encontró una carta de aceptación de la prestigiosa escuela de arte a la que había solicitado. Sus ojos se llenaron de lágrimas de alegría. "¡Lucas, lo lograste!", exclamó emocionada. "Vas a estudiar arte en el lugar que siempre soñaste".

Lucas la abrazó con fuerza, compartiendo su emoción. "No puedo creerlo. Será maravilloso, solo que ahora no sé cómo soportar un año sin ver a mi compañera de aventuras"

Elena y Lucas se encontraban en una encrucijada en su relación. Después de haber compartido tantos momentos mágicos juntos en la escuela de arte, la vida les presentaba y un desafío inesperado: la distancia.

Lucas había recibido una oportunidad única para continuar su carrera artística en una ciudad diferente. Por otro lado, Elena tenía la posibilidad de participar en un prestigioso programa de residencia en otro país. Sus caminos se separarían por un tiempo indefinido, y ambos se enfrentaban a la difícil decisión de mantener su relación a pesar de la distancia.

Elena y Lucas se sentaron juntos en el parque, el lugar donde habían compartido tantas risas y confidencias. El silencio llenó el aire mientras cada uno reflexionaba sobre sus sueños y metas individuales. Finalmente, Elena rompió el silencio y dijo con voz temblorosa mientras una cristalina lagrima caía por su mejilla: "Lucas, no puedo evitar sentir miedo de que la distancia arruine lo que tenemos".

Lucas suspiro, tomó su mano y la miró con determinación. "Elena, nuestra relación es especial y ha resistido varios desafíos. Pero también debemos ser realistas y reconocer que la distancia será un desafío aún mayor. Pero ¿qué pasa si no nos arriesgamos y luchamos por hacer aún más grande lo que tenemos?"

Elena asintió lentamente, las lágrimas asomando en sus ojos. "Tienes razón, Lucas. Si realmente creemos en nuestro amor y en el futuro que compartimos, debemos estar dispuestos a enfrentar esta prueba juntos. No quiero dejar que el miedo nos impida seguir adelante".

Decidieron tomar el camino difícil pero valiente de intentar mantener su relación a pesar de la distancia. Ambos se comprometieron a comunicarse de manera regular y a apoyarse mutuamente en sus respectivos caminos. Planificaron visitas y encontraron formas creativas de mantener viva la chispa que los unía.

Sin embargo, la distancia comenzó a cobrar su precio emocionalmente. Las video llamadas y los mensajes no eran suficientes para llenar el vacío de tener a la otra persona cerca. Las dudas y los celos se filtraron en sus pensamientos, alimentados por la incertidumbre y la ausencia física.

Una noche, durante una llamada frustrante, la tensión alcanzó su punto máximo. Elena dejó escapar una lágrima y dijo con voz entrecortada: "Lucas, esto es más difícil de lo que pensé. Extraño tus abrazos, tus risas y estar a tu lado. ¿Podremos superar esto?"

Hubo un momento de silencio antes de que Lucas respondiera con sinceridad: "Elena, también extraño todo de ti. Pero debemos recordar por qué decidimos seguir adelante. No podemos dejar que la distancia nos debilite. Juntos, podemos enfrentar cualquier obstáculo".

Después de esa conversación, Elena y Lucas se esforzaron aún más en su relación. Aprendieron a ser más pacientes y a expresar sus necesidades de manera clara y amorosa. También buscaron actividades que pudieran hacer juntos a pesar de la distancia, como leer los mismos libros o ver películas al mismo tiempo y compartir sus reflexiones.

Poco a poco, comenzaron a superar las dificultades y a encontrar un nuevo equilibrio. Descubrieron que, aunque la distancia era un desafío, también les brindaba la oportunidad de crecer individualmente y apreciar aún más los momentos que compartían cuando estaban juntos.

El amor y la confianza que compartían se fortalecieron a medida que enfrentaban este obstáculo. Elena y Lucas se dieron cuenta de que su relación era más fuerte de lo que habían imaginado. Aprendieron a valorar la conexión emocional que habían construido y a tener fe en que el amor que compartían podía superar cualquier distancia.

En medio de la incertidumbre y las lágrimas, Elena y Lucas encontraron una fuerza y una madurez que solo se podían obtener a través de la experiencia. Aprendieron a enfrentar los desafíos de la vida de una manera nueva y a valorar cada momento juntos.

Capítulo 18: El Regreso de Lucas

Elena se encontraba sentada en su escritorio, rodeada de papeles y apuntes de la universidad. Su mente estaba inquieta, pensando en el regreso de Lucas, su amado compañero, quien había estado fuera de la ciudad durante varios meses debido a un proyecto artístico. El corazón de Elena latía con anticipación, mezclando emoción y nerviosismo por volver a verlo.

Finalmente, llegó el día en que Lucas regresaría a casa. Elena estaba parada en la terminal, tratando de contener la emoción que burbujeaba en su interior. Observaba ansiosamente cómo cada pasajero bajaba, buscando con la mirada el rostro conocido de Lucas.

Y entonces, lo vio. Lucas emergió de entre la multitud, su sonrisa iluminando el lugar. Elena corrió hacia él y se encontraron en un abrazo apretado, como si no pudieran soltarse el uno del otro.

"Te he extrañado tanto", susurró Elena, con lágrimas de alegría en sus ojos.

Lucas acarició suavemente su cabello y respondió: "Yo también te he extrañado más de lo que puedo expresar con palabras. Estar lejos de ti ha sido difícil, pero estoy de vuelta y no me voy a ir nunca más".

La alegría llenó el aire mientras Elena y Lucas caminaban tomados de la mano hacia casa. Durante su tiempo separados, ambos habían experimentado un crecimiento personal significativo. Habían descubierto nuevas facetas de sí mismos y habían enfrentado desafíos individuales que les habían ayudado a madurar.

Sentados en el sofá de la sala, Elena y Lucas se miraron el uno al otro con una mezcla de nostalgia y felicidad. "Cuenta, ¿qué has estado haciendo en todo este tiempo?", preguntó Elena con curiosidad.

Lucas tomó un respiro y comenzó a contarle sobre su experiencia en el proyecto artístico. Habló de las personas increíbles que conoció, de los desafíos creativos a los que se enfrentó y de cómo cada día se sentía más seguro de su talento artístico. A medida que Lucas compartía sus experiencias, Elena se maravillaba con su pasión y su crecimiento.

Luego, Elena compartió su propia historia, hablándole a Lucas sobre su progreso en la universidad y cómo había explorado nuevas formas de expresión artística. Habló de los desafíos académicos y personales que había enfrentado, y de cómo había encontrado la fortaleza para superarlos.

"Lucas, hemos cambiado y crecido durante nuestra separación, pero lo más importante es que hemos crecido juntos. Aunque la distancia fue difícil, sé que el amor y la conexión que compartimos son más fuertes que nunca", dijo Elena, su voz llena de sinceridad.

Lucas la miró con adoración y tomó sus manos. "Elena, siempre supe que nuestra conexión era especial. Incluso en la distancia, nunca dejé de pensar en ti. Eres mi musa, mi amor y mi inspiración".

La pareja pasó el resto de la tarde compartiendo risas, sueños y planes para el futuro. Hablaban de cómo seguirían apoyándose mutuamente en sus respectivas carreras artísticas y cómo harían todo lo posible para mantener viva la chispa que los unía.

A medida que el sol se ponía en el horizonte, Elena y Lucas se abrazaron con fuerza, sintiendo el amor y la calidez de su reencuentro. Sabían que, a pesar de los obstáculos que pudieran enfrentar en el camino, siempre estarían dispuestos a luchar por su relación y a crecer juntos.

El regreso de Lucas marcó un nuevo comienzo para Elena y él. Les recordó la importancia de valorar cada momento juntos y de enfrentar los desafíos con amor y resiliencia. Su historia de amor adolescente trascendía la distancia y los obstáculos, demostrando que cuando dos almas se unen en un vínculo auténtico, nada puede separarlas.

....

Capítulo 19: Encontrando el Verdadero Camino

Elena caminaba por el parque, sintiendo la suave brisa acariciar su rostro. Las hojas crujían bajo sus pies mientras reflexionaba sobre su viaje emocional y el rumbo que había tomado su vida. A pesar de los desafíos y las pruebas que habían enfrentado, Elena y Lucas habían encontrado una fortaleza interna que los había llevado a un nuevo nivel de madurez.

Sentada en un banco, Elena observaba a los niños jugando en el área de juegos. La risa inocente y la alegría en sus rostros le recordaban una época más simple de su vida, cuando todo era más fácil y menos complicado. Pero también recordaba cómo, a pesar de todo, había encontrado el coraje para enfrentar sus miedos y seguir su propio camino.

En ese momento, Lucas se unió a ella en el banco, y su mirada se encontró con la de Elena. "¿En qué estás pensando?", preguntó Lucas con una sonrisa cálida.

Elena suspiró y respondió: "Estoy reflexionando sobre nuestro viaje, Lucas. A veces me pregunto si estamos tomando el camino correcto, si hemos tomado decisiones sabias en nuestras vidas".

Lucas tomó la mano de Elena y la apretó suavemente. "Sé que el camino no siempre ha sido fácil para nosotros, pero creo que cada desafío y cada decisión nos ha llevado hasta aquí, a este momento. Y estoy agradecido por eso".

Elena asintió, dejando que las palabras de Lucas resonaran en su corazón. "Tienes razón. Cada paso en el camino nos ha moldeado y nos ha enseñado lecciones importantes. Aunque a veces tengamos dudas, debemos confiar en que estamos exactamente donde debemos estar".

Mientras se abrazaban en silencio, Elena pensaba en todas las lecciones valiosas que había aprendido. Había aprendido a escuchar su voz interior y a seguir sus propios sueños, incluso cuando el mundo parecía decirle lo contrario. Había descubierto la importancia de la amistad verdadera y el amor incondicional.

Pensó en todos los momentos en los que había enfrentado el miedo y se había encontrado con su propia valentía. Recordó los desafíos que había superado y cómo cada uno de ellos la había ayudado a crecer y a convertirse en la persona fuerte y segura de sí misma que era en ese momento.

"Elena linda", dijo Lucas con voz suave y cariñosa, "cada paso que hemos dado juntos ha sido importante para mí. Hemos crecido individualmente y hemos crecido como pareja. Nuestro viaje no ha sido perfecto, pero ha sido auténtico, emocionante y totalmente nuestro".

Elena sonrió, sintiendo una oleada de gratitud por el amor y el apoyo que tenía en su vida. "Gracias, Lucas. Tienes razón. Nuestro viaje ha sido auténtico y ha sido nuestro. No cambiaría nada de lo que hemos vivido".

Se miraron el uno al otro, compartiendo un momento de paz y aceptación. Elena pensó en todas las personas que habían sido parte de su viaje, los amigos que habían dejado huellas en su corazón y las experiencias que habían dejado una profunda impresión en su ser.

Se dio cuenta de que la vida no se trataba solo de llegar a un destino final, sino de disfrutar del viaje y encontrar la felicidad en cada paso del camino.

Mientras Elena y Lucas se levantaban del banco y se alejaban del parque, caminando juntos hacia el futuro incierto pero lleno de promesas, sabían que no importaba qué desafíos o sorpresas les esperaran, siempre estarían allí el uno para el otro, enfrentándolos con amor y fortaleza.

Capítulo 20: El Regalo de la Gratitud

Diario de Elena

Hola diario,

Hoy quiero reflexionar sobre algo que he descubierto recientemente: el poder de la gratitud. A lo largo de mi vida, he experimentado altibajos, desafíos y momentos de incertidumbre. Sin embargo, al mirar hacia atrás, me doy cuenta de que mi abuelita tenía razón, que cada obstáculo y cada experiencia me han moldeado y han contribuido a mi crecimiento personal.

La gratitud es como una lente a través de la cual puedo apreciar las bendiciones y los aprendizajes de mi camino. A medida que me acerco al final de mi último año de instituto, quiero tomarme un momento para agradecer por todas las personas y experiencias que han sido parte de mi historia.

En primer lugar, quiero agradecer a mis padres y mi abuelita. Su amor incondicional y su apoyo constante han sido un faro en los momentos oscuros y un motivo de alegría en los momentos felices. Han estado ahí para animarme y levantarme cuando más los he necesitado.

Agradezco a mis amigos, esos compañeros de vida que han compartido risas, lágrimas y aventuras inolvidables. Su presencia ha sido una fuente de fortaleza y alegría en mi vida. Juntos, hemos creado recuerdos que atesoraré para siempre.

También quiero expresar mi gratitud hacia mis maestros y mentores. Han sido guías sabios que me han enseñado no solo conocimientos académicos, sino también lecciones valiosas sobre la vida. Han creído en mí incluso cuando yo misma dudaba de mis capacidades.

No puedo olvidar agradecer a Sofía. Ella ha sido mi roca, mi confidente y mi inspiración. Juntas hemos superado desafíos, celebrado triunfos y construido una amistad que trasciende el tiempo y la distancia. Su amor y apoyo incondicional han sido un regalo preciado.

Y, por supuesto, quiero agradecer a la vida misma y por encontrar a Lucas. Agradezco por cada día lleno de oportunidades, por cada amanecer que me trae una nueva posibilidad de crecer y aprender. Agradezco por las experiencias que me han hecho más fuerte y por las lecciones que me han llevado a descubrir mi verdadero yo.

La gratitud me ha enseñado a apreciar las pequeñas cosas y a encontrar la belleza en cada momento, incluso en los momentos difíciles. Me ha enseñado a mirar más allá de mis propios deseos y necesidades, y a valorar las contribuciones de los demás en mi vida.

Querido diario, hoy me siento llena de gratitud y quiero recordar que la vida es un regalo que debemos apreciar. Cada día es una oportunidad para crecer, amar, aprender y ser agradecido por todo lo que nos rodea.

Al escribir estas palabras, me doy cuenta de cuánto he crecido en mi camino y ya no tengo tanto miedo como antes. A pesar de los desafíos y los obstáculos, he descubierto que la gratitud es una herramienta poderosa que nos permite encontrar la paz y la felicidad en medio de cualquier circunstancia.

Así que hoy, querido diario, te agradezco a ti también. Gracias por ser mi confidente y por brindarme un espacio seguro para explorar mis pensamientos y emociones. A través de estas páginas, he encontrado una voz auténtica y una conexión con mi verdadero yo.

Hasta la próxima vez. Seguiré caminando por la senda de la gratitud, valorando cada experiencia y celebrando cada paso que me acerca a la persona que deseo ser.

Con gratitud y amor,

Elena

Fin

9 798822 308262